On est en finale !

« La grande finale de la coupe se déroule enfin ! L'entraîneur des Vipères fait malheureusement preuve d'un mauvais état d'esprit : en effet, il interdit à ses joueurs de sympathiser avec les joueurs des Lynx et il encourage son équipe à avoir des comportements anti-sportifs.

Est-ce que nos chers Lynx, aux valeurs irréprochables, remporteront la coupe ?

Tu le sauras en lisant ce roman passionnant.

Et n'oublie pas : aimer jouer au football n'empêche pas d'aimer lire !

Bonne lecture ! »

Y. Gourcuff

À la mémoire de mon grand-père, Raymond E. T.

Les droits de Yoann Gourcuff sont reversés à l'A.M.S.N. (Association des Malades d'un Syndrome Néphrotique). Il vous est possible de faire un don en adressant un chèque à : **AMSN - M. Genthon- Les Entremains par le Perrier- 69240 MARDORE**

Pour plus d'informations : http://asso. orpha.net/AMSN/

Photos de couverture
© Vivien Lavau, 2011

© Éditions Nathan (Paris-France), 2012
Loi n° 49-956 du 16 juillet 1949 sur les publications destinées à la jeunesse
ISBN : 978-2-09-253839-5
N° éditeur : 10181573 - Dépôt légal : mai 2012
Imprimé en France par Pollina - L60467

EMMANUEL TRÉDEZ

EN AVANT FOOT

On est en finale !

Illustrations de Clément Devaux

Raymond est le grand-père de Morgane et l'entraîneur des Lynx.

Calme, toujours de bonne humeur, **Luigi** est le capitaine et le meneur de jeu de l'équipe.

Arz est la nouvelle recrue des Lynx : un attaquant de première classe !

Plop vient de la planète Kawa. Il est aussi modeste que talentueux dans les buts.

Enguerrand n'a peut-être pas une grande technique, mais il ne lâche rien !

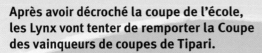

Après avoir décroché la coupe de l'école, les Lynx vont tenter de remporter la Coupe des vainqueurs de coupes de Tipari.

Malik est un garçon très doué. Pour l'école comme pour le foot. Il joue en défense.

Morgane est la preuve vivante qu'on peut être une jolie fille et marquer des buts.

Beau garçon, sûr de lui, **Ben** est le buteur des Lynx.

Zac est le meilleur ami de Luigi. Ce gros gourmand a encore du mal à trouver sa place dans l'équipe.

un

Des rumeurs
sur les Vipères

Lundi 7 novembre. Dans l'hélicar qui ra-
mène joueurs et supporters à l'école, l'am-
biance est à la fête : grâce à leur large victoire
lors du dernier match de poule, Luigi et ses
partenaires se sont qualifiés pour la finale !
Élèves, parents et profs reprennent en chœur
les chansons des pom-pom girls à la gloire
des Lynx.

Raymond profite d'une pause pour évoquer leur futur adversaire.

– En finale, vendredi prochain, vous serez opposés aux Vipères. Je vous préviens, ce ne sera pas une promenade de santé. Dans la poule Ouest, les Vipères ont remporté leurs trois matchs et marqué pas moins de dix buts. Pour les battre, il faudra sortir le grand jeu !

Raymond ne sait pas encore que les Vipères n'ont sans doute pas gagné tous leurs matchs à la régulière. C'est ce que découvre Zac, le soir même, au cours d'une conversation visiophonique avec son cousin : Laurent, qui jouait avec les Dogues dans la poule Ouest, lui fait part des drôles de rumeurs qui courent sur cette équipe.

– L'entraîneur, Guillermo Rossi, et son fils Enzo sont prêts à tout pour remporter la coupe.

– C'est-à-dire ?

— Eh bien, d'abord, on raconte que le jour de la finale de leur école, quelques minutes avant le match, le meilleur joueur de l'équipe adverse a été poussé dans l'escalier. Il s'est tordu le pied et n'a pas pu prendre part à la finale. Comme par hasard, Enzo traînait dans le coin…

— C'est fou ! Quand je vais raconter ça aux autres…

— Attends, ce n'est pas tout ! On dit aussi que notre match contre les Vipères était truqué : Guillermo Rossi aurait acheté l'arbitre. En tout cas, il nous a refusé un but tout à fait valable et a sifflé contre nous un penalty imaginaire. Résultat, les Vipères l'ont emporté de justesse 3-2.

— Dommage, les Lynx et les Dogues auraient pu se rencontrer en finale !

deux

Vipères au point !

Lᴇ ʟᴇɴᴅᴇᴍᴀɪɴ, en fin d'après-midi, Raymond conduit son équipe dans un centre sportif au sud de Tipari. Les joueurs sont autorisés à rater un jour d'école pour participer avec d'autres équipes à un stage de foot. C'est là qu'aura lieu, le jeudi soir, la finale entre les Lynx et les Vipères.

Les enfants sont tout excités à l'idée de passer deux jours en dehors de chez eux et

de dormir avec leurs copains, dans des chambres à quatre lits. Ben, Malik, Arz et Plop partagent la première chambre, Luigi, Zac et Enguerrand, la seconde. Morgane, la seule fille de l'équipe, dort avec d'autres joueuses.

Lorsque tout le monde est installé, il fait déjà nuit. Cela n'empêche pas Raymond de proposer à ses joueurs de visiter le centre.

Au cours de la promenade, les Lynx tombent
sur les Vipères en pleine séance d'entraînement sous les projecteurs.

— Une chose est sûre, fait Raymond, ils en
veulent !

L'équipe est constituée de cinq terriens et
de trois extraterrestres. Knep, le gardien de
but, est le plus impressionnant. S'il n'avait
pas la peau jaune et les oreilles coniques, on

le prendrait pour un humain. Seulement, son corps est si élastique que, l'espace de quelques secondes, il peut presque doubler sa taille : commode pour attraper un ballon qui file vers la lucarne ! Du coup, Chris, le deuxième gardien, a peu de chances de jouer la finale. En défense, Miloud, avec ses deux têtes de plus, est imbattable sur les ballons aériens. Quant à Enzo et Stan, ils sont là pour faire le ménage. Nico, le meneur de jeu, sait tout réaliser avec un ballon. Enfin, en attaque, les jumeaux Ocram et Kimino sont d'excellents dribbleurs. Comme tous les habitants de la planète Mizo, ils ont la peau verte et une étrange crête osseuse sur le sommet du crâne.

Soudain, Guillermo Rossi, le coach des Vipères, réalise que les Lynx sont en train d'assister à l'entraînement. Aussitôt, il leur crie de s'en aller :

– Circulez, y a rien à voir !

Raymond propose alors à ses joueurs de rejoindre la cafétéria. À table, les Lynx, fatigués par le voyage, se montrent peu bavards, et ils ne tardent pas à aller se coucher.

Le lendemain, pour le petit déjeuner, Miloud et Knep s'assoient spontanément à côté de Plop et Malik. Les enfants discutent avec enthousiasme de leur stage qui commence. Lorsque Guillermo Rossi aperçoit ses joueurs, il entre dans une colère noire.

– Vous deux, venez ici tout de suite ! On ne parle pas à l'adversaire, c'est la base !

Raymond arrive sur ces entrefaites.

– La base de quoi ? s'écrie-t-il. L'intérêt de ce stage, entre autres, c'est que les enfants puissent échanger sur leur expérience. Laissez-les donc finir leur petit déjeuner !

– Mêlez-vous de vos affaires ! Et vous autres, rappliquez fissa !

– Bon, les enfants, allez rejoindre vos camarades, cela vaut mieux.

Sur ce, Raymond s'assoit avec ses joueurs.

– Celui-là, il est plus venimeux qu'une vipère !

Un peu plus tard dans la matinée, les Lynx participent à leur première séance d'entraînement. Tandis que Morgane rejoint ses partenaires, elle tombe comme par hasard sur Guillermo Rossi qui, caché derrière une haie, observe la séance aux jumelles.

– Pour suivre l'entraînement, fait-elle, moqueuse, vous feriez mieux de vous approcher.

trois

À quoi joue Ben ?

JEUDI 10 NOVEMBRE. Une heure avant le coup d'envoi, les joueurs gagnent les vestiaires. Lorsque Ben sort en tenue, Enzo et Stan, qui l'attendaient, le ceinturent, lui retirent ses chaussures et s'enfuient. Ben se lance en chaussettes à la poursuite des voleurs.

Dix minutes plus tard, il est de retour.

– Tu as récupéré tes chaussures ? demande Malik, inquiet.

Pour toute réponse, Ben montre les chaussures qu'il a enfilées.

– C'est curieux, tout de même, observe Enguerrand. Qu'espéraient-ils ces deux-là ? T'empêcher de jouer ?

Face aux Vipères, Raymond a décidé d'aligner Plop, Malik, Luigi et Ben, mais il hésite sur le cinquième joueur. Il est tenté de privilégier l'attaque, car il sera difficile de tromper la vigilance de leur gardien de but. Mais pour contenir les assauts des jumeaux, il décide de jouer la sécurité : il fait débuter Enguerrand plutôt que Morgane.

Le match est assez équilibré. Les deux équipes se créent chacune de belles occasions. Ce n'est pas un hasard si les Vipères et les Lynx se retrouvent à ce stade de la compétition.

À la troisième minute, Plop, qui est dans ses grands jours, parvient à détourner en corner un superbe tir brossé de Nico. Deux minutes plus tard, Knep arrête une tête de Luigi que tout le monde croyait hors de portée.

Toutefois, du côté des Lynx, Ben se montre d'une maladresse qu'on ne lui connaissait pas. À la huitième minute, il rate tout d'abord un penalty consécutif à une faute d'Enzo sur Malik : son tir, en force, n'est pas cadré. Et surtout, deux minutes plus tard, sur un corner en faveur des Vipères, alors qu'il est revenu épauler ses défenseurs, il marque un but de la tête contre son camp, donnant ainsi l'avantage aux Vipères.

Raymond est perplexe : Ben est-il malade ?
A-t-il mangé quelque chose qui ne lui conve-
nait pas ? Si son buteur continue à jouer
comme ça, il sera obligé de le faire sortir à
la mi-temps…

Au même moment, sur le banc de touche,
Morgane reçoit un textologramme sur sa
montre. « Curieux ! » se dit-elle, car il est si-
gné Chris, le goal des Vipères, et il se ré-
sume à une lettre et deux chiffres : B17.

« Il y a peu de chances que ce soit un coup à la bataille navale, se dit Morgane, ça doit être un code ou alors… »

Dans le doute, Morgane préfère consulter Zac.

– On dirait un numéro de chambre, lui dit-il.

– Mais oui, tu as raison ! Mon petit doigt me dit qu'on ferait bien d'aller jeter un œil dans cette chambre.

– Tu es folle ! Et si le coach a besoin de nous ?

– Avant la mi-temps ? Ça m'étonnerait !

Zac se laisse convaincre. Les enfants s'éloignent discrètement et gagnent le bâtiment central. Ils prennent l'escalier de l'aile B où les Lynx et les Vipères sont logés. Au premier étage, ils s'arrêtent devant la porte B17.

– C'est la chambre de Guillermo Rossi ! s'exclame Zac.

– Qu'est-ce qu'on fait ? demande Morgane.

– On entre, tranche son copain.

Par bonheur, la porte n'est pas fermée à clé, et il ne faut que quelques secondes à Zac pour l'ouvrir. Quelqu'un est ligoté et bâillonné sur le lit.

– Ben ! s'écrient les deux enfants.

– Comment peut-il se trouver à la fois ici et sur le terrain ? se demande Morgane.

– Il a peut-être un sosie ? suggère Zac.

– En tout cas, il n'y a pas de temps à perdre. Détache Ben, moi, j'appelle la police.

quatre

Coup de théâtre

Pendant ce temps-là, Ocram, après avoir successivement effacé Luigi d'un crochet du gauche et passé Enguerrand d'un joli petit pont, a inscrit un deuxième but pour les Vipères, juste avant la mi-temps.

Raymond est inquiet.

– Où sont Zac et Morgane ? demande-t-il.

– Ils sont partis par là, répond Arz en montrant le bâtiment central.

– En pleine rencontre ? s'exclame Raymond. On n'a pas idée !

Le match reprend. À la troisième minute, alors que les Vipères sont dans le camp des Lynx, trois policiers de la section spéciale se téléportent sur le terrain et interrompent la partie. Ils passent les menottes à Guillermo Rossi, sur le banc de touche, ainsi qu'à Ben dans le rond central.

Raymond se précipite sur le terrain.

– Qu'est-ce que vous fabriquez ?

Les policiers ne répondent pas. Ils sont trop occupés à calmer leur prisonnier qui se débat.

– Inutile de résister, Rinap, lance l'inspecteur. On t'a reconnu !

– Rinap ? répète Raymond, sans comprendre.

Au bout d'une minute, le bandit qui s'était transformé en Ben retrouve son physique d'extraterrestre au corps longiligne, à la peau orangée et aux trois paires de bras.

Une heure plus tard, après avoir interrogé les suspects et les principaux témoins, l'inspecteur Bazin réunit les joueurs et leurs parents dans la cafétéria pour leur expliquer la situation. Ben – le vrai, l'unique ! – a retrouvé ses copains.

– Guillermo Rossi avait payé Rinap pour prendre l'apparence de Ben et jouer à sa place le plus mal possible, bien sûr ! Les Najbul ont la capacité de se métamorphoser en n'importe quel individu.

— Pourquoi c'est tombé sur Ben? demande la mère de Luigi.

— Parce que l'entraîneur le considérait comme le joueur des Lynx le plus dangereux. En enlevant Ben et en faisant jouer Rinap à sa place, il pensait assurer la victoire aux Vipères.

— Poulquoi l'entlaîneul faile tout ça? demande Plop. Eux avoil déjà tlès bonne équipe!

— Guillermo Rossi est un ancien joueur de foot: un joueur qui, au cours de sa carrière, n'a jamais rien gagné. Il voulait que son fils

Enzo ait la chance de remporter une compétition.

– Les joueurs étaient-ils au courant des combines de l'entraîneur? demande le père d'Enguerrand.

– Enzo, et son copain Stanislas, très probablement. Ce sont eux, d'ailleurs, qui ont attiré Ben dans un piège. Chris, lui, n'a fait qu'assister à l'enlèvement de Ben: il revenait des toilettes lorsqu'il a surpris Guillermo Rossi portant Ben dans sa chambre. L'entraîneur lui a demandé de la boucler, mais Chris ne voulait pas tremper dans cette affaire. Il a décidé d'alerter Morgane.

– Est-ce que les Lynx ont remporté la coupe de Tipari? demande le père de Malik.

– C'est au président de la Fédération de vous répondre. Je lui laisse la parole.

– Pour moi, cela ne fait aucun doute. L'équipe des Vipères doit être disqualifiée.

– Monsieur le président, intervient Raymond, cette victoire est très frustrante. Mes joueurs et moi, nous nous sommes concertés et, dans la mesure où la plupart des joueurs des Vipères n'ont rien à voir avec les agissements de leur entraîneur, nous proposons que le match soit rejoué.

– C'est un geste qui vous honore, et j'accepte votre proposition. Bien sûr, le match doit avoir lieu le plus vite possible. Compte tenu de leur comportement, Enzo et Stanislas sont exclus de l'équipe. Les Vipères pourront les remplacer par deux nouveaux joueurs.

cinq

Au bout du suspense

Mardi 15 novembre, 17 heures 30. Les gradins de l'école Martin-Tamarre qui accueille la finale sont noirs de monde.

C'est parti ! Les Vipères engagent. Nico a le ballon. Il trouve Ocram sur l'aile gauche. L'attaquant déborde Malik et centre pour Kimino. Mal placé, ce dernier préfère donner le ballon en retrait à Nico qui décoche un missile dans la lucarne.

Incroyable ! Les Vipères mènent 1-0 trente secondes après le coup d'envoi !

Deux minutes plus tard, Ben hérite du ballon à hauteur du rond central. Il veut briller après la piteuse prestation de son sosie, quelques jours auparavant. Il s'échappe sur le côté gauche, réussit un grand pont face à Miloud et tire au but. Knep se détend et réussit à détourner le ballon en corner.

Pendant plusieurs minutes, les deux équipes rivalisent d'audace et de créativité. Kimino et Ocram sont stupéfiants : les jumeaux peuvent deviner à chaque instant ce que l'autre va faire la seconde d'après. À la septième minute, ils se retrouvent tous les deux face à Malik. Ocram reçoit le ballon. Il s'élance sur la gauche tandis que Kimino part à droite. En croisant la course de son frère, Kimino se saisit du ballon et déborde Malik, qui n'y a vu que du feu ! Heureusement, Plop a bien anticipé et lui subtilise le ballon dans les pieds.

À la onzième minute, Luigi lance Malik sur l'aile droite qui adresse un centre à ras de terre à Ben. Chargé par Miloud, l'attaquant, qui a vu que Morgane n'était pas marquée, laisse filer le ballon entre ses jambes. Morgane tire, mais Knep réussit à repousser le ballon.

L'arbitre siffle la mi-temps sur ce score de 1-0 pour les Vipères.

Raymond n'a pas grand-chose à reprocher à ses joueurs. Ils font un bon match.

– Dans les airs, Knep paraît imbattable, tentez votre chance à ras de terre.

Enguerrand et Arz remplacent Malik et Morgane.

Malheureusement, les Lynx débutent la deuxième mi-temps aussi mal qu'ils ont commencé la première : en encaissant un but de Miloud, de la tête, sur un corner. Cela fait 2-0, comme le jeudi précédent, mais cette fois, le match ne sera pas rejoué. Raymond encourage ses joueurs.

– Vous avez déjà renversé des situations plus difficiles, il faut y croire !

À la quatrième minute, Arz, parti du milieu de terrain, dribble Nico, puis Miloud. Il se présente seul face à Knep et, retenant les conseils de Raymond, tire à ras de terre. Knep se couche, mais trop tard. Le ballon franchit la ligne de but.

21

Une minute plus tard, Ocram adresse un long ballon à Kimino. L'attaquant se précipite vers le ballon, mais Plop arrive le premier. Emporté par son élan, Kimino ne peut éviter le choc. Le gardien des Lynx s'est retourné un doigt. Certes, il a encore trois mains valides, mais Raymond décide de le remplacer par Zac. Quant à Kimino, blessé à la cheville, il doit céder sa place à Johan, l'une des nouvelles recrues. C'est un coup dur pour les Vipères !

À la huitième minute, Ben est fauché par
Miloud aux abords de la surface de répara-
tion. Luigi tire le coup franc. Son tir puissant,
renvoyé par le poteau, rebondit sur le dos
de Knep et termine au fond des filets. Les
Lynx égalisent.

Depuis la sortie de Kimino, l'équipe des
Vipères est dominée de la tête et des épaules.
Nico, lui, est suivi comme son ombre par

Enguerrand, et Ocram, séparé de son jumeau, se montre beaucoup moins inspiré en attaque.

Il reste maintenant une minute à jouer. Les Lynx bénéficient d'un ultime corner. Arz passe le ballon en retrait à Luigi. Le capitaine des Lynx fait mine de frapper et trouve Ben sur sa droite. L'attaquant tire en force et inscrit le but de la victoire.

Ben tombe à genoux sur le terrain. Luigi et Arz s'empressent de lui sauter dessus. L'un après l'autre, leurs partenaires font grandir cette pyramide humaine. Raymond s'approche avec sa minicam pour immortaliser l'instant : les Lynx viennent tout de même de remporter la Coupe des vainqueurs de coupes de Tipari !

FIN

TABLE DES MATIÈRES

Emmanuel Trédez

J'ai toujours beaucoup joué au football : dans les jardins publics, à la maison (au grand désespoir de mes parents pour la casse et de mes voisins du dessous pour les plongeons bruyants), mais j'ai toujours préféré le «foot de cour». Au collège, à l'heure du déjeuner, on jouait sur le terrain de handball ; c'est les grands de troisième qui formaient les équipes. Au lycée, on réquisitionnait le terrain de basket et pour marquer, il fallait toucher le poteau. Une année, loin d'être favorite, mon équipe avait remporté le tournoi! Aujourd'hui, j'ai moins l'occasion de jouer au foot, sauf parfois avec mon fils... quand il est d'accord!

Clément Devaux

Clément Devaux est né en 1979. Droitier, il est issu du centre de formation des Arts Décos de Paris. Depuis 2004 il évolue au poste d'illustrateur au sein des plus grands clubs, tels que le F.C. Nathan, l'A.C. Bayard, ou le Dynamo Gallimard. Joueur polyvalent, il compte à ce jour une quinzaine de réalisations en championnat, dont la BD *Anatole Latuile* en compagnie du duo d'attaque Anne Didier et Olivier Muller.

premiers romans

Ben sur la touche

Une série écrite par Emmanuel Trédez
Illustrée par Clément Devaux

« – Morgane ! Morgane ! On peut
avoir un autographe, s'il te plaît ?

Ce lundi 24 octobre, à la récré de
10 heures, trois filles de CP tendent un stylet
à Morgane pour qu'elle appose sa signature
sur leur tablette numérique.
Morgane est un peu surprise par la demande
des filles. Elle n'a pas encore réalisé que depuis
la demi-finale de mini-foot contre les Alligators,
quelques jours plus tôt, elle est devenue une star
à l'école Victor-Tillon. Surtout, ce matin-là, son
portrait s'affiche à la une du deuxième numéro
d'Allez les Lynx ! »

Les Lynx profitent de leur victoire et sont les stars
de l'école. Mais il ne faudrait pas que cette soudaine
célébrité sème la zizanie dans l'équipe...